Analyse de l'œuvre

Par Anne Crochet et Noémie Lohay

L'Ombre du vent

de Carlos Ruiz Zafón

lePetitLittéraire.fr

Rendez-vous sur lepetitlitteraire.fr et découvrez :

Plus de 1200 analyses
Claires et synthétiques
Téléchargeables en 30 secondes
À imprimer chez soi

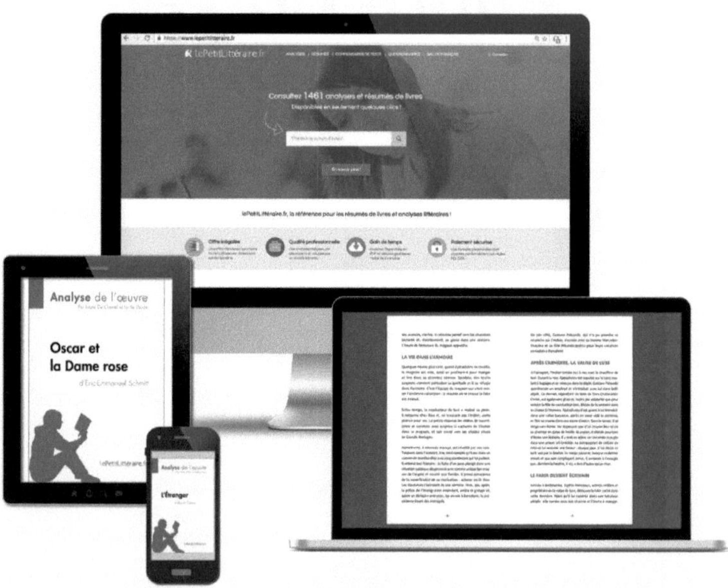

CARLOS RUIZ ZAFÓN

ÉCRIVAIN ET SCÉNARISTE ESPAGNOL

- **Né en 1964 à Barcelone (Espagne)**
- **Quelques-unes de ses œuvres :**
    - *Marina* (1999), roman
    - *Le Jeu de l'ange* (2008), roman
    - *Le Prisonnier du ciel* (2012), roman

Carlos Ruiz Zafón est un auteur espagnol né en 1964 à Barcelone. À 19 ans, il se lance dans le monde de la publicité, qu'il quitte en 1993 pour publier *El principe de la niebla* (*Le Prince de la brume*). Cet ouvrage destiné à la jeunesse est un franc succès et remporte le prix Edebé.

Zafón écrit ensuite plusieurs livres pour la jeunesse et les adultes, avant de sortir, en 2001, *La sombra del viento* (*L'Ombre du vent*). Véritable phénomène littéraire, cet ouvrage est suivi en 2008 par *El juego del ángel* (*Le Jeu de l'ange*), en 2011 par *El prisionero del cielo* (*Le Prisonnier du ciel*), puis, en 2016, par *El Laberinto de los Espíritus* (*Le Labyrinthe des esprits*), qui clôt la tétralogie du « Cimetière des Livres Oubliés ». Il partage aujourd'hui sa vie entre Barcelone et Los Angeles (Californie), où il est scénariste.

L'OMBRE DU VENT

BARCELONE AUX LENDEMAINS DE LA GUERRE CIVILE

- **Genre :** roman
- **Édition de référence :** *L'Ombre du vent*, trad. François Maspero, Paris, Pocket, 2013, 672 p.
- **1ʳᵉ édition :** 2001
- **Thématiques :** guerre civile espagnole, mémoire, destin, enquête, écriture, amour

Traduit en français en 2004, *L'Ombre du vent* a connu, dès sa parution, un énorme succès public et critique à travers le monde, comme en témoignent les nombreux prix nationaux et internationaux qu'il a reçus.

L'Ombre du vent emmène le lecteur dans la Barcelone de l'après-guerre, où le jeune libraire Daniel Sempere découvre, dans le mystérieux Cimetière des Livres Oubliés, un roman intitulé *L'Ombre du Vent*, écrit par un certain Julián Carax. Fasciné par cet homme et par l'aura énigmatique qui l'entoure, Daniel, aidé de ses amis, va mener son enquête et tenter de tirer Julián Carax et son histoire des tréfonds de l'oubli.

LA VÉRITABLE HISTOIRE DE JULIÁN CARAX

L'histoire de Julián Carax, l'auteur de l'ouvrage fictif *L'Ombre du Vent*, est révélée au lecteur à travers une lettre écrite par Nuria, une connaissance de l'auteur, à Daniel, le personnage principal : il ne la découvrira pourtant qu'au terme du récit.

Nuria travaille à Barcelone pour les éditions Cabestany, où elle fait la connaissance de Julián. Celui-ci l'invite à loger chez lui lors d'un séjour à Paris en 1933 au cours duquel les deux jeunes gens se rapprochent au point de devenir amants. Bien que Nuria tombe amoureuse de Julián, elle se rend compte qu'il éprouve toujours des sentiments pour Penélope Aldaya, une femme jadis aimée et qu'il n'a plus vue depuis 1919.

De retour à Barcelone, Nuria apprend par Miquel Moliner, un ami de jeunesse de Julián avec qui elle s'est liée, que Julián et Penélope sont, sans le savoir, frère et sœur. Ricardo Aldaya, le père biologique du jeune homme, s'est interposé en découvrant leur liaison. Julián, ignorant le sort réservé à Penélope (enceinte de lui, elle est retenue prisonnière par son père, puis meurt en accouchant d'un fils mort-né), part seul à Paris avec l'aide de Moliner – pour éviter l'armée à laquelle son père et M. Aldaya le promettaient –, persuadé que Penélope le rejoindra prochainement.

Après la mort de Penélope, Ricardo et son fils Jorge partent en Argentine. Jorge promet à son père, mourant, de tuer

Julián. Rentré à Barcelone après des années de misère, il retrouve Fumero, un ancien camarade de classe devenu policier qui cherche également à tuer Julián, parce qu'il était lui-même amoureux de Penélope. Fumero le prend sous son aile et, attisant sa haine envers Julián, utilise Jorge pour attirer l'auteur à Barcelone ; Julián, victime du plan de Fumero, revient effectivement dans la capitale espagnole au début de la guerre civile d'Espagne (1936-1939).

Ayant appris son retour, Nuria et Miquel, entre temps mariés, partent à sa recherche et finissent par le trouver au moment même où les sbires de Fumero s'apprêtent à l'exécuter. Miquel décide alors de se faire passer pour Julián et meurt à sa place. Lorsque Julián découvre la tombe de Penélope, il se sent responsable de sa mort et enrage d'être toujours vivant. Il entreprend alors de bruler tous ses livres, auxquels il avait consacré sa vie entière ; il est lui-même gravement brulé lors de l'incendie des entrepôts Cabestany.

Après cet incident, Nuria le recueille et le protège de Fumero, qui est toujours à sa recherche. L'auteur se rétablit peu à peu et, en 1945, trouve refuge dans l'ancienne demeure des Aldaya. Depuis, il recherche les derniers exemplaires de ses livres, dont celui que possède Daniel, pour détruire toute trace de sa propre existence.

L'OMBRE DU VENT

Barcelone. Daniel Sempere est un jeune garçon orphelin élevé par son père, un libraire. Lorsqu'à 10 ans, il ne parvient plus à se souvenir de sa maman, son père l'emmène au Cimetière des Livres Oubliés, gardé par Isaac Monfort.

Comme tout nouvel initié du lieu, Daniel doit adopter un livre : il choisit justement *L'Ombre du Vent*, un roman de Julián Carax, que l'on croit mort : neuf ans plus tôt, Nuria Monfort, la fille du gardien, y avait caché un exemplaire de chacun des romans de Julián Carax.

Passionné par le roman, qu'il dévore le jour même, Daniel s'interroge sur la genèse du récit et sur la vie de l'auteur. Pour en savoir plus, il demande de l'aide au libraire Gustavo Barceló et apprend qu'il détient le seul exemplaire du titre, les autres ayant mystérieusement été brulés. Le jeune garçon fait également la connaissance de Clara, la nièce de Gustavo, dont il tombe amoureux. En rentrant chez lui, Daniel aperçoit une silhouette d'homme semblable à celle d'un personnage du roman : Laín Coubert, un homme au visage masqué par l'obscurité.

Le jour de ses 16 ans, cet inconnu lui propose d'acheter son exemplaire de *L'Ombre du Vent*, mais Daniel refuse. Effrayé à l'idée que l'étranger ne s'en prenne à Clara, à qui il a offert le livre, Daniel se rend chez les Barceló pour le récupérer. Ainsi découvre-t-il la liaison de Clara avec son professeur de musique : déçu, il cesse immédiatement de l'aimer. Il fait également la connaissance d'un vagabond, Fermín Romero de Torres. Daniel décide ensuite de cacher le livre en lieu sûr, au Cimetière des Livres Oubliés. Là, Isaac lui donne l'adresse de sa fille, Nuria, qui était amie avec Julián.

À l'automne 1953, M. Sempere engage Fermín à la librairie tandis que Daniel profite de son temps libre pour renouer avec un ami d'enfance, Tomás Aguilar. Toutefois, les évè-nements mystérieux entourant ses recherches sur Carax se poursuivent : Laín Coubert réapparait, et un inconnu dépose une photographie ancienne à la librairie, représentant Julián et une jeune fille devant la chapellerie Fortuny.

Poursuivant son enquête, Daniel se rend sur place. Il y en apprend davantage sur l'enfance de Julián, notamment le nom de deux de ses amis, Jorge Aldaya et Miquel, et trouve une lettre d'amour adressée à Julián par Penélope Aldaya, la jeune fille de la photo. Daniel sollicite l'aide de Fermín, excellent détective, dans ses recherches. Il apprendra également plus tard, lors d'une visite chez Nuria, que Julián est décédé en 1936.

Entre temps, Daniel rencontre par hasard Bea, la sœur de Tomás. Très vite, il lui raconte ce qu'il sait de Carax et de son roman, avant de lui faire découvrir le Cimetière des Livres Oubliés. Ils partagent un premier baiser, bien que Bea soit déjà promise à un autre. Le jeune homme reçoit également la visite de l'inspecteur Fumero, à la recherche de Fermín, un opposant au régime : le policier le menace, lui et son commerce. Le lendemain, Fumero fait arrêter et mutiler M. Federico, l'horloger du quartier, dont les pratiques homosexuelles ne sont pas à son gout.

Leur enquête les mène jusqu'au père Fernando Ramos, ami de jeunesse de Julián, et Jacinta, la gouvernante de Penélope, qui leur en apprend davantage sur l'objet de leur quête. À la sortie de l'asile où Jacinta est internée, Fermín est tabassé par Fumero sous le regard impuissant de Daniel.

Celui-ci l'emmène se faire soigner chez son vieil ami Gustavo Barceló (Fermín entretient une relation amoureuse avec sa domestique, Bernarda). Daniel en profite pour relater l'histoire de Carax à Gustavo, qui promet de les aider.

Malgré la menace de M. Aguilar (furieux contre Bea, il la surveille et a promis de briser les jambes du garçon qu'elle fréquente), Daniel et Bea se revoient à l'ancienne villa Aldaya, aujourd'hui abandonnée, où ils font l'amour pour la première fois. Quelques jours plus tard, Daniel y découvre deux tombes, celles de Penélope et d'un enfant, mais Bea et lui sont chassés de la résidence par Laín Coubert.

Sur les conseils de Barceló, Daniel retourne voir Nuria. S'il pressent qu'elle lui a menti (ce n'est pas Julián qui est mort en 1936, mais Miquel), il ignore encore la vérité. Le soir même, il apprend que la jeune femme vient d'être assassinée : le principal suspect n'est autre que Fermín, victime d'un coup monté (le vrai meurtrier étant Fumero). Après avoir assisté à l'enterrement de Nuria, Daniel croise Isaac, qui lui remet une lettre de sa fille dans laquelle elle raconte son histoire avec Julián. Son récit révèle notamment que Laín Coubert n'est autre que Julián, son visage ayant été détruit dans l'incendie des entrepôts Cabestany.

Après la lecture du récit de Nuria, Daniel se précipite chez Bea (dont il est sans nouvelles depuis une semaine) : il apprend que cette dernière a disparu et qu'elle est enceinte de lui. Il se rend alors à la villa Aldaya, persuadé que Bea y a trouvé refuge. Elle s'y trouve effectivement, sous la garde de Julián. Fumero, qui a suivi Daniel, fait irruption dans la demeure et pourchasse Julián. Au cours de la bagarre, Daniel est gravement blessé en voulant protéger Carax, qui parvient finalement à tuer Fumero.

Durant son séjour à l'hôpital, Daniel donne son stylo à Julián, qui était son ancien propriétaire, et lui demande de recommencer à écrire. Quelques mois plus tard, Daniel épouse Bea. Ensemble, ils ont un fils prénommé Julián et reprennent la librairie Sempere. De son côté, Julián Carax a recommencé à écrire et, dix ans plus tard, leur dédie son dernier livre. Enfin, Daniel, emmène son fils découvrir un secret bien gardé de Barcelone : le Cimetière des Livres Oubliés.

ÉTUDE DES PERSONNAGES

DANIEL SEMPERE

Héros et narrateur du roman, Daniel Sempere est probablement né en 1935. Il perd sa mère à l'âge de 4 ans et est élevé par son père, un libraire spécialisé dans les livres rares et d'occasion. De cet univers empli d'histoires et de mystères lui vient l'envie de devenir écrivain. Daniel, bercé par la littérature, aide son père à la librairie et semble aimer son métier. Il découvre *L'Ombre du Vent* à l'âge de 10 ans et se fascine pour Carax, auquel il semble lié d'une manière mystérieuse.

Adolescent en pleine construction identitaire, Daniel est confronté à des moments de doute et a parfois l'impression de ne pas assumer ses actes. Ainsi se sent-il coupable lorsqu'il rencontre Nuria pour la seconde fois et qu'elle l'accuse d'avoir fait plus de tort que de bien à Julián en voulant le faire sortir de l'oubli. Il se sent également lâche de ne pas avoir réagi devant le passage à tabac de Fermín et d'avoir abandonné Bea aux mains de son père.

Confronté par son père, qui suggère qu'il est responsable de la mort de Nuria, il réussit néanmoins à dépasser son inaction et refuse de se cacher plus longtemps du père de Bea, puis s'interpose entre Fumero et Carax. D'enfant innocent et intègre attaché à son père, il devient un adulte responsable, qui sait manifester discrétion et maturité. En 1956, il épouse Bea, dont il a un fils, Julián ; ensemble, ils reprennent la librairie Sempere. En faisant découvrir le Cimetière des Livres

Oubliés à son fils, il participera activement à la transmission de la littérature et du mystère de ce lieu.

Sa description physique reste vague, mais plusieurs personnages notent qu'il ressemble à Julián jeune, qui se reconnait d'ailleurs en lui.

JULIÁN CARAX

Né en 1900, Julián Carax est le fils biologique de Sophie Carax et de Ricardo Aldaya. Il est le fruit d'une union coupable, Sophie étant mariée à Antoni Fortuny. Celui-ci, furieux, fait vivre un véritable enfer à Sophie et à Julián, qu'il sait ne pas être son fils (il le considère d'ailleurs comme l'enfant du démon). Dès 1914, Julián est approché par Ricardo Aldaya, qui tente d'en faire l'héritier de son empire. Il rencontre ainsi Jorge et Penélope Aldaya, dont il tombe amoureux ; leur union sera néanmoins tragique.

Dès son enfance, marquée par le catholicisme effréné de son père adoptif, Julián est attiré par les arts et la création. Débordant d'imagination, « enfant très affectueux, un peu bizarre et fantaisiste, c'est vrai, mais avec un je ne sais quoi qui vous [va] droit au cœur » (p. 157), Julián invente souvent des histoires fantasques et étranges, peuplées de créatures démoniaques qu'il dessine dans ses cahiers. Il poursuit sur cette voie et se consacre toujours plus à l'écriture, surtout après sa rencontre avec Penélope à qui il écrit des récits où il « épanch[e] son âme » (p. 369).

Exilé à Paris dès 1919, il commence à écrire ses romans qui, même s'ils sont un échec commercial, savent toucher les rares personnes qui les lisent. D'après Julián lui-même, aucun de ses personnages n'est inspiré d'une personne de son entourage : tous sont une facette de lui.

Depuis qu'il a quitté Barcelone, le jeune homme charmeur et espiègle est devenu taiseux et mystérieux. Tout son être est désormais tourné vers ses livres et ses souvenirs : « Julián vivait toutes portes fermées, pour et dans ses livres, comme un prisonnier de luxe. » (p. 229) Lorsqu'il découvre les tombes de Penélope et de leur fils, l'écrivain abandonne tous ses rêves et ne survit plus que dans la haine de lui-même et de son œuvre, que Daniel lui permettra de dépasser.

L'intégrité de Daniel et son désir sincère de tirer Carax de l'oubli sortent Julián de la spirale destructrice dans laquelle il s'était enfermé. Bien que protecteur (il aide Bea lorsqu'elle se réfugie dans la villa Aldaya), il demeurait néanmoins tourné vers la vengeance (il assassine l'ex-patron de Nuria, qui la harcelait sexuellement). Contrairement à Fumero (homme lui aussi tourmenté depuis son enfance), Julián retrouve peu à peu son humanité à la fin du récit.

JAVIER FUMERO

Francisco Javier Fumero est le fils des concierges du collège San Gabriel, où Carax a fait ses études. Julián, touché par le sort de ce garçon, se prend d'amitié pour lui et lui présente ses amis. Javier a en effet connu une enfance troublée, avec un père l'accablant de tâches et, surtout, une mère en quête d'ascension sociale, avide d'utiliser les potentielles amitiés de son fils. Originaire d'un milieu pauvre et enfant solitaire, il endure les moqueries et violences d'autres élèves du collège ; il s'occupe en sculptant des figurines de bois et en martyrisant des animaux.

Enfant perturbé, Javier tombe amoureux de Penélope Aldaya et devient presque fou lorsqu'il découvre qu'elle et Julián ont une liaison ; il tente alors de tuer Carax, mais Miquel s'interpose.

Renvoyé de l'école et mis en maison de redressement, il assassinera plus tard sa mère. Javier intègre l'armée et est promis à une belle carrière, mais il en est expulsé à la suite d'une affaire obscure. Il devient alors une sorte de mercenaire et commet les pires atrocités, se ralliant toujours au plus offrant. Au moment où Daniel commence son enquête, Fumero est un inspecteur-chef peu scrupuleux ; cette position lui permet entre autres de menacer Daniel et Fermín sous divers prétextes.

Fumero est associé à plusieurs reprises à une araignée, qui tisserait lentement et patiemment sa toile, son piège dans lequel tombent ses victimes. Animé par un désir inassouvi de vengeance, Fumero consacre toute sa vie à essayer de tuer Carax, qui lui a volé la femme qu'il aimait. Sa soif de vengeance conditionne son existence : « Il n'est pas pressé, c'est pour cela qu'il semble incompréhensible. Il vit pour se venger. De tous et de lui-même. Sans la vengeance, sans la colère, il s'évaporerait. » (p. 615)

Opportuniste et fourbe, il manipule les autres et fait preuve d'une arrogance maladive :

> « Les vieux – comme les infirmes, les gitans et les pédés –

> [...] donnaient à Fumero des envies de vomir. Dieu, parfois, commettait des bévues. Il était du devoir de tout homme intègre de corriger ces petites erreurs et de garder le monde présentable. » (p. 539)

Son apparence reflète son caractère : « Son allure avait quelque chose de funèbre et de dangereux, comme une malédiction en costume du dimanche. » (p. 188) ; il possède « une bouche mince comme une coupure à vif » et « des yeux noirs et inexpressifs, des yeux de poissons » (*ibid.*). Fumero n'évolue guère au fil du roman ; il mourra à la fin du récit, tué par Carax.

FERMÍN ROMERO DE TORRES

Fermín est un homme très mystérieux sur son passé et les circonstances qui l'ont amené à devenir mendiant. Cet homme frêle était un agent du gouvernement chargé, au début de la guerre civile d'Espagne, d'aider ses chefs à s'enfuir. Arrêté et torturé par Fumero, il finit par révéler l'identité de ses supérieurs, ce qui entraine leur mort.

Traumatisé par cet évènement et rongé par la culpabilité, Fermín se retrouve à la rue, à la merci de Fumero qu'il craint plus que tout. Embauché à la librairie Sempere, il se métamorphose au sortir de la rue et devient un homme soigné, voire coquet, et très travailleur. Il considère Daniel comme son sauveur et, à ce titre, lui voue une amitié indéfectible.

Homme bavard et aux mœurs libérées, Fermín est un excellent détective ; son culot et son ingéniosité lui sont précieux dans ses enquêtes. Il tombe amoureux de Bernarda, la gouvernante des Barceló, qu'il épouse à la fin du roman ; ils auront quatre fils.

D'une grande érudition et l'esprit critique aiguisé, Fermín n'hésite jamais à exprimer son opinion, même lorsqu'elle est impopulaire (critique du capitalisme, de l'armée ou encore de la télévision). Le libraire-détective défend ainsi notamment des « théories anarcho-libertaires » (p. 135) : il ne se soumet pas aux idées et directives de l'Église et de l'État, ce qui lui vaut parfois les remontrances de ses concitoyens. Cette attitude fait de Fermín un personnage dénonciateur des travers et des abus du pouvoir franquiste (Franco était un général et homme d'État espagnol, 1892-1975).

Bien que d'apparence physique chétive, il traverse les aléas de la vie avec un solide caractère et un langage poli ; du reste, il survit plusieurs années dans la rue. Homme d'honneur, Fermín souhaite devenir meilleur et fait preuve de fidélité et de loyauté envers sa compagne et ses amis, pour lesquels il s'avère un allié fiable et primordial. À la mort d'Isaac, il quittera la librairie pour prendre sa relève au Cimetière des Livres Oubliés.

BEATRIZ AGUILAR

Étudiante en lettres, passionnée de lecture, Beatriz est la sœur ainée de Tómas Aguilar, le meilleur ami de Daniel. Au début du roman, elle ne s'entend guère avec Daniel, qui la considère prétentieuse :

> « Rousse et très pâle, elle exhibait toujours de luxueux vête-
> ments de soie ou de laine. Dotée d'une taille de mannequin,

elle marchait droite comme un piquet, imbue de sa personne et se croyant la princesse du conte qu'elle s'était elle-même forgé. Elle avait les yeux d'un bleu-vert qu'elle qualifiait d'"émeraude et saphir". » (p. 133)

Lorsqu'ils se revoient quelques années plus tard, ils décident d'être amis. S'ouvrant sincèrement l'un à l'autre, leur attirance mutuelle les entraine cependant rapidement plus loin. Bea, qui projetait jusque-là d'épouser son fiancé, l'aspirant Pablo Cascos Buendía, et de quitter Barcelone, y renonce alors. Courageuse, elle tient tête à son père et refuse de dénoncer Daniel comme étant son amant. Son fils, né de son union avec Daniel, « a les yeux et l'intelligence de sa mère » (p. 663).

CLÉS DE LECTURE

À LA CROISÉE DES GENRES

Roman historique

Le roman historique, sous-genre du roman, mêle des personnages et évènements historiques à la fiction. Il « est écrit par un auteur moderne pour instruire ou divertir des lecteurs de son temps : le roman historique est un regard d'aujourd'hui porté sur hier et c'est ce double rapport à l'histoire qui fait son intérêt » (« Roman historique », in *larousse.fr*, consulté le 04 avril 2017). Toutefois, si l'Histoire était déjà utilisée comme décor, la Révolution française (1789-1799) – qui permet aux hommes de réaliser qu'ils s'inscrivent dans l'Histoire – accroit l'intérêt pour cette discipline ; ce dernier « se cristallise dans un engouement pour le roman historique qui, à partir de 1830, tend à s'instituer en genre propre » (ARON P., SAINT-JACQUES D., VIALA A., dir., *Le dictionnaire du littéraire*, Paris, PUF, 2002, p. 550), sur le modèle des œuvres de Walter Scott (poète et écrivain écossais, 1771-1832).

De nombreux auteurs, tels Hugo (homme de lettres français, 1802-1885) ou Dumas (écrivain français, 1802-1870), se lancent alors dans ce genre. Celui-ci sera renouvelé au XXe siècle, tant au niveau des codes (la polyphonie fait son entrée, l'auteur-narrateur devient un personnage du récit) que des auteurs (le genre s'ouvre aux femmes) et lecteurs (des romans populaires voient le jour en France dès 1960, avec, notamment, la parution de la série *Angélique, mar-*

quise des Anges des écrivains français Anne et Serge Golon).

Né en 1964, Zafón n'a effectivement pas connu la période qu'il dépeint. Les personnages qu'il met en scène n'en restent pas moins pris dans la tourmente de leur réalité historique, en particulier la guerre civile espagnole et le régime franquiste – incarné principalement par l'inspecteur Fumero. Cette réalité historique s'exprime également au travers des conceptions (catholiques, sexistes) de l'Espagne d'alors.

LA GUERRE CIVILE D'ESPAGNE ET LES ANNÉES DE FRANQUISME

La guerre civile espagnole et les années de franquisme (1939-1975) sont largement abordées par les écrivains espagnols des XXe et XXIe siècles, en raison de leurs répercussions sur la population. En 1936, cinq ans après l'avènement de la Seconde République (1931-1939), l'Espagne connait de nombreux problèmes sociaux et économiques qui mettent à mal la stabilité du pays. Les 17 et 18 juillet 1936, l'armée tente un putsch, sous le commandement de Francisco Franco. Ce coup d'État raté marque le début d'un long conflit entre républicains et nationalistes (franquistes), qui prend fin en 1939.

Devenu dictateur, Franco mène alors une politique impérialiste imprégnée de catholicisme ; ses opposants sont sévèrement punis et l'Espagne se replie sur elle-même. Entre la mort de Franco (novembre 1975) et

Réalisme magique

L'atmosphère mystérieuse, frôlant le fantastique, du roman peut être rapprochée du réalisme magique. Contrairement au fantastique, qui oppose le rationnel au surnaturel, ce courant artistique international, apparu en 1918, « entend proposer une vision du réel renouvelée et élargie par la prise en considération de la part d'étrangeté, d'irrationalité ou de mystère qu'il recèle » (*ibid.*, p. 512). On peut rattacher à ce courant des écrivains hispanophones tels que Gabriel García Márquez (écrivain colombien, 1927-2014) ou Maria Vargas Llosa (écrivain péruvien, né en 1936).

Dans *L'Ombre du vent*, ce réalisme magique se manifeste à travers :

- le Cimetière des Livres Oubliés, ce mystérieux labyrinthe où l'on se perd sans cesse ;
- Laín Coubert, « un personnage qui s'est échappé des pages d'un roman pour le brûler » (p. 246) ;
- l'histoire de la villa Aldaya, réputée maudite et hantée, qui est le théâtre de meurtres sordides et de phénomènes inexpliqués ;
- les visions prophétiques de Jacinta ou de Julián et Penélope, qui avaient rêvé leur rencontre avec exactitude ;

- le destin reliant les personnages, qui semble inéluctable ;
- les parallèles sans cesse établis entre l'histoire de Daniel et de Carax ;
- l'atmosphère brumeuse de Barcelone.

UNE NARRATION INSOLITE

La narration, linéaire quant à l'histoire de Daniel, ne cesse de revenir sur différents éléments de la vie de Carax, présentés dans le désordre. L'histoire est sans cesse enrichie et corrigée, au fur et à mesure des différents témoignages. Le récit de Zafón fait ainsi écho au roman de Carax, dont la structure rappelait « une de ces poupées russes qui contiennent […] d'innombrables répliques d'elles-mêmes, de plus en plus petites. Pas à pas, le récit se démultipliait en mille histoires » (p. 15).

Les parallèles entre l'histoire présente de Daniel et celle, passée, de Julián, de plus en plus prégnants au fil du récit, renforcent les liens entre ces deux temporalités, qui se rejoindront en bout de roman.

Enfin, le roman de Zafón est présenté comme ayant été écrit par Daniel, le narrateur : « Tandis que j'écris ces lignes sur le comptoir de la librairie […] » (p. 663) Ceci renforce encore la fusion entre les histoires de Daniel et de Julián, entremêlées dans un seul ouvrage, *L'Ombre du vent*, dont le titre désigne autant l'œuvre de Daniel Sempere, celle de Julián Carax, que celle de Zafón, ce qui constitue dès lors une mise en abyme.

OUBLI ET MÉMOIRE

Dès les premières pages du roman, les thèmes de l'oubli et de la mémoire émergent. Lorsque Daniel découvre le Cimetière des Livres Oubliés, son père lui explique le rôle de ce lieu hors du temps, voué à recueillir toute œuvre oubliée : « Dans ce lieu, les livres dont personne ne se souvient, qui se sont évanouis avec le temps, continuent de vivre en attendant de parvenir un jour entre les mains d'un nouveau lecteur, d'atteindre un nouvel esprit. » (p. 13).

Daniel choisit *L'Ombre du Vent* de Julián Carax et se donne pour mission de sortir cet auteur et son œuvre de l'oubli ; ce défi constitue l'un des enjeux majeurs du roman. Lorsque Carax, toujours vivant, apprend le projet de Daniel, il est d'abord furieux, puis se décide à ne plus intervenir : Julián espère qu'à travers ce sauvetage, il incitera Daniel à ne pas commettre les mêmes erreurs que lui dans son histoire d'amour avec Bea. De son côté, le jeune homme ne semble pas vraiment s'interroger sur les véritables raisons du travail de reconstitution qu'il entreprend.

À l'instar du père de Daniel qui ne peut oublier sa défunte épouse, Julián, durant son séjour parisien, se raccroche aussi à Penélope. Lorsqu'il découvre la mort de sa bienaimée, il est anéanti et ne pense désormais qu'à supprimer toute trace de son œuvre, comme pour « détruire les traces de son passage dans la vie » (p. 614).

Julián devient alors Laín Coubert, le personnage-diable de *L'Ombre du Vent*. Cet autodafé ne prend fin qu'avec l'arrivée de Daniel et le début de son enquête : Julián revient peu à peu à la vie, comme en témoigne l'écriture d'un nouveau livre à la fin du roman.

Le personnage de Nuria rappelle également la problématique de l'oubli et de la mémoire. Follement amoureuse de Julián, Nuria ne vit que dans le souvenir de son séjour à Paris, et Miquel ne peut lui faire oublier Carax. Dans sa lettre de confession à Daniel, Nuria fait preuve de lucidité quant à sa propension à vivre dans le passé ; elle dévoile également ses craintes sur le fait d'être oubliée du monde.

Le thème de l'oubli et de la mémoire s'actualise aussi dans l'évocation de la guerre civile d'Espagne et des années de franquisme qui ont suivi. L'auteur a choisi de situer son intrigue romanesque dans les années 1950, ce qui lui a permis de traiter en filigrane des conséquences des guerres (civile et mondiale) sur le peuple espagnol. La thématique de l'amnésie de guerre – contre laquelle Nuria met d'ailleurs en garde Daniel (« Rien n'alimente l'oubli comme une guerre […] Nous nous taisons tous, en essayant de nous convaincre que […] ce que nous avons appris de nous-mêmes […] est une illusion », p. 592) – est introduite plus subtilement à travers le personnage de Fumero : alors qu'il a commis les pires atrocités durant la guerre, il a réussi à imposer son autorité de manière légitime aux yeux des Barcelonais, désireux d'oublier ce qui s'est passé. Fumero sera cependant lui aussi victime de la mécanique de l'oubli : dix ans après sa mort, aucun souvenir ne subsiste de lui.

UN ROMAN
ENTRE GUERRE CIVILE ESPAGNOLE
ET LITTÉRATURE

Cadre de l'histoire, la Barcelone de l'après-guerre revêt une grande importance dans le récit : elle permet au lecteur de mieux comprendre l'ambiance historique du roman, ainsi que le comportement et l'histoire de certains personnages, tels que Fumero, Nuria ou Fermín. Ils illustrent les conséquences désastreuses de la guerre civile, des années de franquisme et de la Seconde Guerre mondiale (1939-1945) sur la population espagnole :

- Fumero représente le pouvoir de Franco : ayant profité du sentiment d'insécurité et des moments troubles de la guerre civile, il a réussi, par la violence, la cruauté et le mensonge, à se hisser à la tête de la Brigade Criminelle ; il effraie autant qu'il fascine la population. Pour toutes ces raisons, Fumero rappelle inévitablement Franco, avec lequel il partage le prénom Francisco ;
- Fermín fait partie de ses opposants déchus. Agent de gouvernement au début de la guerre civile, il a été torturé par Fumero, qui le pourchasse sans relâche depuis lors. Les idées développées et défendues par Fermín (notamment son mépris de l'Église catholique) le mettent en porte-à-faux avec les idées du gouvernement en place ;
- M. Federico est également une victime de l'idéologie franquiste : ses préférences sexuelles ne correspondent pas aux dogmes catholiques du régime et en font une proie toute désignée pour Fumero ;

- Nuria représente elle aussi, à sa manière, la misère de la guerre : son mari, Miquel Moliner, a perdu son travail de chroniqueur à cause de la guerre civile, et elle-même a eu des difficultés à retrouver un emploi durant la Seconde Guerre mondiale.

Ces renseignements, distillés au fil du roman, nous montrent que la politique franquiste est intolérante et ne permet pas la liberté d'expression. Dans le roman de Zafón, la littérature semble une réponse à cette interdiction.

Les livres, en particulier ceux de Carax, permettent de s'exprimer (tant pour le lecteur que pour l'auteur) et, à ce titre, sont les garants d'une certaine démocratie. Le métier de libraire, exercé par Daniel et son père, assure la circulation des livres et, *de facto*, des idées qu'ils véhiculent, même si celles-ci sont en contradiction avec l'esprit franquiste. Le Cimetière des Livres Oubliés appartient à cette même logique, puisqu'en plus de préserver les livres de l'oubli, il les protège des vicissitudes et des violences du monde extérieur.

LA FORCE DU DESTIN

La notion de destin est omniprésente dans le roman. Lorsque Daniel trouve l'œuvre de Julián dans le Cimetière des Livres Oubliés, il ne peut s'empêcher de se demander ce qui l'a conduite à lui : « Est-ce à cause de cette pensée, ou bien du hasard ou de son proche parent qui se pavane sous le nom de destin, toujours est-il que, tout d'un coup, je sus que j'avais déjà choisi le livre que je devais adopter. » (p. 14) Bea a également tendance à croire en le destin : « Tu vois, je crois que rien n'arrive par hasard. Qu'au fond les choses suivent un plan caché, même si nous ne le comprenons pas. » (p. 333-334)

Ce plan du destin trouve une résonance particulière lorsqu'on examine le couple de Julián et Daniel. L'histoire de Daniel rappelle, par certains aspects, celle de Julián. Ainsi se ressemblent-ils physiquement, ce qui n'échappe pas à Nuria notamment. Si les deux hommes ont un parcours familial très différent, leurs aventures amoureuses sont assez similaires. Dans la suite du roman, ces similitudes se renforcent lorsque Bea tombe enceinte après un premier rapport sexuel dans la villa Aldaya, comme Penélope avant elle. Heureusement pour Daniel, son histoire connait une fin beaucoup moins tragique que celle des deux autres amants : ils se marient et Bea accouche d'un fils en bonne santé.

Selon Carax, sa rencontre avec Daniel tient du destin et a donc un but bien précis : aider son fils spirituel à ne pas commettre les mêmes erreurs que lui et gagner ainsi le pardon de Penélope. Daniel apparait donc à Carax comme la possibilité de sortir de sa prison de souvenirs, en redécouvrant le monde et les émotions humaines grâce à lui. À la fin du roman, il recommence à écrire et dédicace son livre à Daniel et Bea : « Pour mon ami Daniel qui m'a rendu la voix et la plume. Et pour Beatriz, qui nous a rendu à tous deux la vie. » (p. 667)

Le destin se retrouve dans le parcours d'autres personnages du roman, et plus particulièrement dans les figures de Penélope et de sa gouvernante Jacinta. Les modalités de la rencontre entre Penélope et Julián sont en effet assez étranges : ils ont chacun rêvé de l'autre avant de se rencontrer, et Penélope a eu la certitude qu'elle allait se marier avec Julián plus tard. Ainsi, ce qui est écrit doit se réaliser. Les visions prophétiques de Jacinta (offertes par Zacarías, l'ange qu'elle voit en rêve) relèvent aussi de cette logique.

L'ESPAGNE FRANQUISTE ET LES FEMMES

Le livre distille également les pensées sexistes de l'époque franquiste, frappantes dans les vues de certains personnages.

Ainsi, M. Aldaya affirme : « Chez nous, la seule personne qui lit et réfléchit est ma fille Penélope, donc tous ces livres sont voués à la disparition. » (p. 287) La lecture et le sexe féminin s'entre-dévalorisent l'une l'autre : Fumero déclare que « lire, c'est pour les gens qui ont beaucoup de loisirs et rien à faire. Comme les femmes » (p. 188), tandis que Jorge affirme que « [sa sœur] est un peu timbrée. Elle passe ses journées à lire » (p. 291).

À plusieurs reprises, les sciences et mathématiques sont également présentées comme impropres aux femmes. Nuria se confronte également à ces préjugés, lorsqu'elle explique qu'on a tenté de l'expulser de l'immeuble : « Pensez donc, je parle plusieurs langues et je porte un pantalon. » (p. 226) Certains jugent même normal qu'un homme batte parfois sa femme, « pour se faire respecter » (p. 159).

Le comportement à l'égard des femmes joue même un rôle dans l'intrigue dramatique. En effet, Penélope meurt car, cloisonnée dans sa chambre par son père, elle accouche seule :

> « Si un médecin avait été présent lors de l'accouchement, il aurait probablement pu maitriser l'hémorragie dans laquelle s'enfuyait la vie de Penélope, qui hurlait en griffant la porte fermée tandis que, de l'autre côté, son père pleurait en silence sous le regard de sa mère tremblante. [Un] médecin [...] aurait accusé M. Ricardo Aldaya d'assassinat [...]. » (p. 533)

Les femmes subissent donc le poids de choix qui leur sont imposés et qui, parfois, brisent le cours du destin : dans un rêve prémonitoire, Penélope s'était vue épouser Julián, ce qui ne se produira finalement jamais.

Ces conceptions sexistes reflètent une réalité historique : lorsque la Seconde République est proclamée (14 avril 1931), un gouvernement démocrate progressiste permet aux femmes d'acquérir de nombreux droits, dont l'égalité juridique, le droit de vote, de divorce, et même le droit à l'avortement. Les femmes accèdent plus facilement à une éducation supérieure ; le féminisme se développe. En juillet 1936 pourtant, la guerre civile éclate, et la victoire de Franco bouleverse leur situation : considérées juridiquement et socialement comme inférieures aux hommes, elles perdent tous les droits acquis. Il faudra attendre la mort de Franco, en 1975, pour qu'elles les récupèrent peu à peu.

APOLOGIE DE LA CULTURE

Fascinés par les arts, certains personnages comme Julián ou Daniel, y trouvent tantôt un refuge, tantôt l'occasion de vivre plus intensément.

À l'inverse, Fumero réserve la littérature aux « gens qui ont beaucoup de loisirs et rien à faire » (p. 188). Quant à M. Fortuny, il ne voit pas d'un bon œil l'intérêt de Julián pour les arts, ce fils « qui adorait la musique, la peinture et toutes les matières dépourvues d'utilité et de profit dans la société des hommes » (p. 178). La littérature est, selon lui, le vice le plus pernicieux de tous.

Outre sa valeur intrinsèque, la littérature est associée à l'esprit critique, qui, selon Fermín, fait défaut à ses contemporains, lesquels se contentent de reprendre les opinions des autres – et s'attaquent à tout ce qui diffère d'eux – plutôt que de réfléchir. La télévision, opposée à la littérature, est dépréciée car elle accentue cette tendance. Le récit déplore également que l'école ne forme guère à cette pensée critique.

La littérature apparait donc comme l'un des derniers refuges de la culture et de la pensée, que Daniel et Bea s'attachent à défendre jusqu'au bout :

> « Bea prétend que l'art de la lecture meurt de mort lente [...]. Tous les mois, nous recevons des offres d'achat de la librairie pour la transformer en magasin de téléviseurs, de fringues ou d'espadrilles. Nous ne partirons d'ici que les pieds devant. » (p. 664)

Supérieure aux occupations populaires, la littérature ouvre des horizons inédits et forme l'esprit. Ainsi, non seulement le Cimetière des Livres Oubliés sauve de l'oubli des milliers de livres (et leurs auteurs), mais ceux-ci ont bien des choses à nous apprendre, y compris sur nous-mêmes. À ce titre, la littérature s'avère primordiale afin de tirer des leçons du passé et éviter le danger de répéter l'histoire.

Enfin, le roman de Zafón oppose les arts à la guerre et la violence. Julián, trop artiste, « était incapable d'être soldat, ça se voyait de loin » (p. 157-158), tandis que Miquel consacre son argent (hérité du commerce des armes paternel) à de bonnes œuvres, notamment promouvoir la culture :

> « Miquel menait une existence monacale, consacrant cet argent qui, pour lui, était taché de sang, à restaurer musées, cathédrales, [...] et à faire en sorte que les œuvres de son ami de jeunesse, Julián Carax, soient publiées dans sa ville natale. » (p. 501)

La censure est également évoquée : M. Sempere souligne que, « par les temps qui courent » (p. 20), des livres espagnols sont fréquemment publiés en France plutôt qu'en Espagne ; Nuria raconte que « Julián n'avait plus guère de livres à bruler. Ce passe-temps avait été repris par des mains autrement compétentes que les siennes. » (p. 592). En valorisant ainsi la littérature, le roman de Zafón prolonge la mise en abyme déjà évoquée : son apologie de la culture confère à l'œuvre davantage d'importance.

PISTES DE RÉFLEXION

QUELQUES QUESTIONS POUR APPROFONDIR SA RÉFLEXION...

- À quel(s) genre(s) appartient ce roman ? Expliquez.
- Quelle vision de la littérature ce roman nous offre-t-il ?
- « Il y a des prisons pires que les mots. » (p. 229) Expliquez et commentez cette phrase de Nuria Monfort.
- Comment le destin de Daniel rejoint-il celui de Julián dans *L'Ombre du vent* ?
- « Les hasards sont les cicatrices du destin. » (p. 608) Expliquez et commentez cette phrase de Julián Carax.
- Comment s'exprime, à travers le roman, le fil rouge de la solitude ?
- Carlos Ruiz Zafón a choisi de situer son histoire dans la Barcelone des années 1950. En quoi cela est-il significatif ? À la lecture du roman, que peut-on dire de cette époque ?
- À la lecture du roman, que pouvez-vous dire des rapports hommes – femmes de l'Espagne de l'époque ? En quoi influencent-ils l'intrigue ?
- Zafón a également écrit *Le Jeu de l'Ange*, dans lequel on retrouve le Cimetière des Livres Oubliés et Daniel Sempere. Comment ce personnage a-t-il évolué ? En confrontant les deux romans, que pouvez-vous dire du Cimetière des Livres Oubliés ?
- *El jinete polaco* d'Antonio Muñoz Molina (1991) traite également de la problématique de l'oubli et de la mémoire. Confrontez les visions des deux auteurs.

Votre avis nous intéresse !
Laissez un commentaire sur le site de votre librairie en ligne
et partagez vos coups de cœur sur les réseaux sociaux !

POUR ALLER PLUS LOIN

ÉDITION DE RÉFÉRENCE

- Ruiz Zafón C., *L'Ombre du vent*, trad. François Maspero, Paris, Pocket, 2013.

ÉTUDES DE RÉFÉRENCE

- Aguado A., « Citoyenneté féminine sous la Seconde République : entre le réformisme social et la démocratisation », in *Cahiers de civilisation espagnole contemporaine*, n° 12, 2014, consulté le 22 avril 2017, http://ccec.revues.org/5153
- Aron P., Saint-Jacques D., Viala A., dir., *Le dictionnaire du littéraire*, Paris, PUF, 2002.
- Burger S. *et alii.*, *Promenades dans la Barcelone de L'Ombre du vent*, Paris, Le Livre de Poche, 2009.
- « Carlos Ruiz Zafón : la littérature d'abord », in *lapresse.ca*, consulté le 29 mars 2017, http://www.lapresse.ca/arts/livres/201101/22/01-4362793-carlos-ruiz-zafon-la-litterature-dabord.php
- « El realismo mágico y real maravilloso », in *abc.com*, consulté le 05 avril 2017, http://www.abc.com.py/articulos/el-realismo-magico-y-real-maravilloso-847616.html
- Gengembre G., « Le roman historique : mensonge historique ou vérité romanesque ? », in *Études. Revue de culture contemporaine*, n° 10 (tome 413), 2010, p. 367-377.

- IDE S., « L'Espagne face au droit ou au non droit à l'avortement », in *tv5monde.com*, consulté le 22 avril 2017, http://information.tv5monde.com/terriennes/l-espagne-face-au-droit-ou-au-non-droit-l-avortement-3138
- MORANT I., « Histoire des femmes en Espagne et en Amérique latine », *in Genre & Histoire. La revue de l'Association Mnémosyme*, n° 7, automne 2010.
- « Roman historique », in *larousse.fr*, consulté le 04 avril 2017, http://larousse.fr/encyclopedie/litterature/roman_historique/176585
- « Roman historique », in *universalis.fr*, consulté le 05 avril 2017, http://www.universalis.fr/encyclopedie/roman-historique/
- RUIZ TOSAUS E., « Algunas consideraciones sobre *La sombra del viento* de Ruiz Zafón », in *pendientedemigracion.es*, consulté le 05 avril 2017, https://pendientedemigracion.ucm.es/info/especulo/numero38/soviento.html
- ZULAIKA C., « La femme espagnole au XXe siècle : une histoire de progrès et de reculs », in *arte.tv*, consulté le 04 avril 2017, http://www.arte.tv/sites/leurope-en-debat/2011/01/28/la-femme-espagnole-au-xxeme-siecle-une-histoire-de-progres-et-de-reculs/

Retrouvez notre offre complète sur lePetitLittéraire.fr

- des fiches de lectures
- des commentaires littéraires
- des questionnaires de lecture
- des résumés

ANOUILH
- Antigone

AUSTEN
- Orgueil et Préjugés

BALZAC
- Eugénie Grandet
- Le Père Goriot
- Illusions perdues

BARJAVEL
- La Nuit des temps

BEAUMARCHAIS
- Le Mariage de Figaro

BECKETT
- En attendant Godot

BRETON
- Nadja

CAMUS
- La Peste
- Les Justes
- L'Étranger

CARRÈRE
- Limonov

CÉLINE
- Voyage au bout de la nuit

CERVANTÈS
- Don Quichotte de la Manche

CHATEAUBRIAND
- Mémoires d'outre-tombe

CHODERLOS DE LACLOS
- Les Liaisons dangereuses

CHRÉTIEN DE TROYES
- Yvain ou le Chevalier au lion

CHRISTIE
- Dix Petits Nègres

CLAUDEL
- La Petite Fille de Monsieur Linh
- Le Rapport de Brodeck

COELHO
- L'Alchimiste

CONAN DOYLE
- Le Chien des Baskerville

DAI SIJIE
- Balzac et la Petite Tailleuse chinoise

DE GAULLE
- Mémoires de guerre III. Le Salut. 1944-1946

DE VIGAN
- No et moi

DICKER
- La Vérité sur l'affaire Harry Quebert

DIDEROT
- Supplément au Voyage de Bougainville

DUMAS
- Les Trois
  Mousquetaires

ÉNARD
- Parlez-leur
  de batailles,
  de rois et
  d'éléphants

FERRARI
- Le Sermon sur la
  chute de Rome

FLAUBERT
- Madame Bovary

FRANK
- Journal
  d'Anne Frank

FRED VARGAS
- Pars vite et
  reviens tard

GARY
- La Vie devant soi

GAUDÉ
- La Mort du
  roi Tsongor
- Le Soleil des
  Scorta

GAUTIER
- La Morte
  amoureuse
- Le Capitaine
  Fracasse

GAVALDA
- 35 kilos d'espoir

GIDE
- Les
  Faux-Monnayeurs

GIONO
- Le Grand
  Troupeau
- Le Hussard
  sur le toit

GIRAUDOUX
- La guerre de
  Troie
  n'aura pas lieu

GOLDING
- Sa Majesté des
  Mouches

GRIMBERT
- Un secret

HEMINGWAY
- Le Vieil Homme
  et la Mer

HESSEL
- Indignez-vous !

HOMÈRE
- L'Odyssée

HUGO
- Le Dernier Jour
  d'un condamné
- Les Misérables
- Notre-Dame
  de Paris

HUXLEY
- Le Meilleur
  des mondes

IONESCO
- Rhinocéros
- La Cantatrice
  chauve

JARY
- Ubu roi

JENNI
- L'Art français
  de la guerre

JOFFO
- Un sac de billes

KAFKA
- La Métamorphose

KEROUAC
- Sur la route

KESSEL
- Le Lion

LARSSON
- Millenium I. Les
  hommes qui
  n'aimaient pas
  les femmes

LE CLÉZIO
- Mondo

LEVI
- Si c'est un
  homme

LEVY
- Et si c'était vrai…

MAALOUF
- Léon l'Africain

MALRAUX
- La Condition
  humaine

MARIVAUX
- La Double
  Inconstance
- Le Jeu de l'amour
  et du hasard

MARTINEZ
- Du domaine
  des murmures

MAUPASSANT
- Boule de suif
- Le Horla
- Une vie

MAURIAC
- Le Nœud
  de vipères

MAURIAC
- Le Sagouin

MÉRIMÉE
- Tamango
- Colomba

MERLE
- La mort est
  mon métier

MOLIÈRE
- Le Misanthrope
- L'Avare
- Le Bourgeois
  gentilhomme

MONTAIGNE
- Essais

MORPURGO
- Le Roi Arthur

MUSSET
- Lorenzaccio

MUSSO
- Que serais-je
  sans toi ?

NOTHOMB
- Stupeur et
  Tremblements

ORWELL
- La Ferme
  des animaux
- 1984

PAGNOL
- La Gloire de
  mon père

PANCOL
- Les Yeux jaunes
  des crocodiles

PASCAL
- Pensées

PENNAC
- Au bonheur
  des ogres

POE
- La Chute de la
  maison Usher

PROUST
- Du côté de
  chez Swann

QUENEAU
- Zazie dans
  le métro

QUIGNARD
- Tous les matins
  du monde

RABELAIS
- Gargantua

RACINE
- Andromaque
- Britannicus
- Phèdre

ROUSSEAU
- Confessions

ROSTAND
- Cyrano de
  Bergerac

ROWLING
- Harry Potter à
  l'école des sor-
  ciers

SAINT-EXUPÉRY
- Le Petit Prince
- Vol de nuit

SARTRE
- Huis clos
- La Nausée
- Les Mouches

SCHLINK
- Le Liseur

SCHMITT
- La Part de l'autre
- Oscar et la
  Dame rose

SEPULVEDA
- Le Vieux qui
  lisait des romans
  d'amour

SHAKESPEARE
- Roméo et Juliette

SIMENON
- Le Chien jaune

STEEMAN
- L'Assassin
  habite au 21

STEINBECK
- Des souris et
  des hommes

STENDHAL
- Le Rouge et
  le Noir

STEVENSON
- L'Île au trésor

SÜSKIND
- Le Parfum

TOLSTOÏ
- Anna Karénine

TOURNIER
- Vendredi ou
  la Vie sauvage

TOUSSAINT
- Fuir

UHLMAN
- L'Ami retrouvé

VERNE
- Le Tour
  du monde
  en 80 jours
- Vingt mille
  lieues sous
  les mers
- Voyage au
  centre de
  la terre

VIAN
- L'Écume des jours

VOLTAIRE
- Candide

WELLS
- La Guerre des
  mondes

YOURCENAR
- Mémoires
  d'Hadrien

ZOLA
- Au bonheur
  des dames
- L'Assommoir
- Germinal

ZWEIG
- Le Joueur
  d'échecs

www.lepetitlitteraire.fr

ISBN version numérique : 978-2-8062-9696-2
ISBN version papier : 978-2-8062-9697-9
Dépôt légal : D/2017/12603/241

Avec la collaboration de Noémie Lohay pour la présentation du personnage de Bea ainsi que pour les chapitres « À la croisée des genres », « Une narration insolite », « L'Espagne franquiste et les femmes » et « Apologie de la culture ».

Conception numérique : Primento,
le partenaire numérique des éditeurs.

Ce titre a été réalisé avec le soutien de la Fédération Wallonie-Bruxelles, Service général des Lettres et du Livre.